진짜
마고

mago

〈환골탈태〉 세계를
들여다봐 주셔서 감사합니다.
항상 웃음과 행복이
가득하시길 희망합니다.

2024.02
가짜 마고

환골탈태

환골탈태 2

초판 1쇄 인쇄 2024년 2월 21일
초판 1쇄 발행 2024년 3월 6일

지은이	마고
펴낸곳	(주)거북이북스
펴낸이	강인선
등록	2008년 1월 29일(제395-3870002510020080000002호)
주소	10543 경기도 고양시 덕양구 청초로 66
	덕은 리버워크 A동 309호
전화	02.713.8895
팩스	02.706.8893
홈페이지	www.gobook2.com
편집	오원영, 류현수
디자인	김그림
디지털콘텐츠	이승연, 임지훈
경영지원	이혜련
인쇄	지에스테크(주)

ISBN 978-89-6607-477-8 04810
     978-89-6607-475-4 (세트)

환 골 탈 태

02

마고 만화

유어마나

차례

고일아.

이 건…
돈 냄새가 나.

우리가
먹자.

달칵

예전에 회사 내부망
해킹했던 경로
아직 살아있지?

함 봐봐.

내부 해킹이야
껌이긴 한데,

설마 그렇게
크겠어요?

본 적도 없는
희귀 동물 납치라면
천만 원도 넘을 거야.

꿀꺽하자니, 진심임?

오백만 원 넘는 거 아님 난 안 낄래.

넘어. 촉이 왔다고.

고일아~ 얼마 들어왔나?

오….

오백?

뭐야~ 저질러, 말어?

일 잘하고 보너스나 받자♡

그르까~?

오천이요….

입금 50,000,000

오… 오천…?

그… 제가 계좌 이체 목록 잘 보니까.

보통 선금이 최종 입금된 잔금의 20% 정도예요.

그럼 이억 오천짜리 사업인 건데.

성공하면 두 배랬으니까….

총 오억ㅡ!!

그 돈이면 내 학자금 대출 같은 건 문제도 아니야.

동생들 돈 문제까지 한 방에 끝내고도 한참 남아!

해킹이건 강도질이건 어떻게든 빼돌린다!

셋이서 돈 들고 고향으로 튀는 거야!

어차피 우리 셋 다 깡촌 출신이라ㅡ

잠적해 버리면
아무도 못 찾는다고!

야!

까야아아아아아
아아아아아아아
아아아아악!!!!!

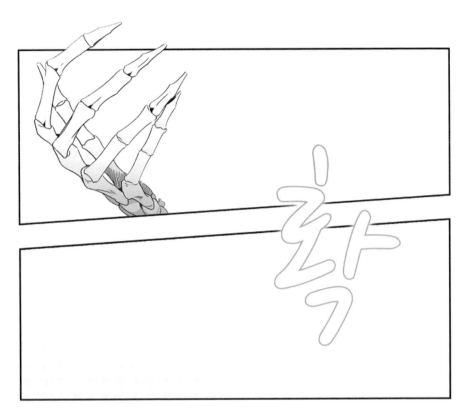

촥

토닥

이제
괜찮아.

토닥

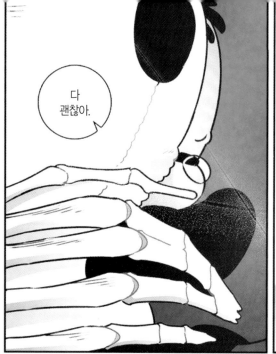

다
괜찮아.

집에 가자….

오빠야!
다리 멀쩡하면
알어서 뛰라 쫌!

가시내야,
사투리….

Oops.

제기랄~!!

오빠, 그만해!
그 동물 확실하지도
않았잖음?

대출금…!
대출금…!

아냐,
확실해!

왜냐하면
그 돼지가 뒤집어쓴 건
옷이었으니까!

지퍼 달린 거
똑똑히 봤어!

역시 내 예상이
맞았던 거야.

그 뼈다귀 자식
일부러 헷갈리게….

그래도
됐음!

에이C~!

우리 이미
안면 싹 털려서
재시도는 무리임.

접어!

고일아!

의뢰자
요청이니까
정보 싹 다
지우셈!

네,
예지 누나.

이상해.

아~ 분명
뭔가 더 있는데…!

응 아니야,
없을 무(無).

왜 이대로
포기해선 안 될 것
같은 느낌이 들지?

야, 그거 사진
하나만 남겨봐.

아, 오빠!!

저벅

저벅

너무 놀라서 여기까지 어떻게 걸어왔는지도 모르겠어.

떨어뜨린 물건들을 집고···.

계산하고···.

훼손 상품이네요. 다른 제품으로 바꿔드릴게요!

그냥 계산해 주세요···.

그러고 보니 왜 아까 나비한테 여기를 집이라고 한 거지?

그럴 리가 없잖아.

이런 작고
볼품없는 방을.

여긴 그저
잠시 머무는 곳일…?

색

색

…조금
빨간 것
같은데.

기분 탓인가?

옷이 너무
두꺼웠나…?

드록

꿈벅

꿈벅

이제
괜찮지?

휙

첨벙

이런,
경황이 없어서
우유 먹일 시간을
놓쳤다.

스르르

……

대낮부터 웬 납치범들이…

고양이는 태평하네, 주인만 혼자 심각하고….

저 민둥민둥한 걸 어디 팔아넘기려고 했을 리는 없고….

잡아 먹으려고?

토실한 게 뜯어먹을 살이 많아 보였나?

일어나. 우유 먹고 자야지.

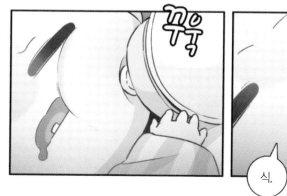

…왜 이래?

'우유'란 말엔 자다가도 일어나던 녀석이…?

모든 게 미숙한 아기의 몸.

장시간 울었다는 이유만으로 열이 오르기도—

우웅~.

그래~.

이웅—?

병원 간다, 가.

생각보다 금세 가라앉기도 합니다.

*영아(생후 1년까지)의 체온은 36.5℃~37.5℃.

완—전 정상인데요?

오히려 고양이치고는 낮달까…;;

다행이네요. 집에서 출발할 땐 따끈따끈했거든요.

안뇽, 난 온동이♥

병원에 오는 도중에 열이 내렸나…?

고양이의 체온을 재려면

상처 방지를 위해—

바세린, 연고 등을 항문 주변에 바르고

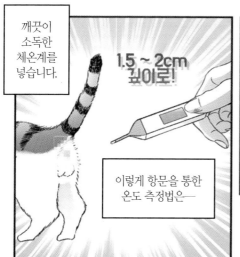

깨끗이 소독한 체온계를 넣습니다.

1.5 ~ 2cm 깊이로!

이렇게 항문을 통한 온도 측정법은—

아기의 체온을 측정하는 방법 중 하나이기도 합니다.

그래도 혹시 모르니까 오늘 하루 정도는 입원시키세요.

*고양이의 정상 체온은 38℃~39℃.

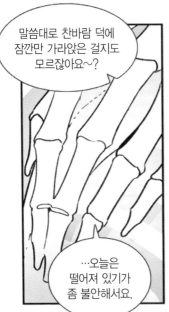

말씀대로 찬바람 덕에 잠깐만 가라앉은 걸지도 모르잖아요~?

...오늘은 떨어져 있기가 좀 불안해서요.

아까 얘기해 주신 일 때문이죠?

걱정 마세요. 제가 하루 종일 착 달라붙어 있을게요.

하악

연구를 갈망하는 간절한 눈빛

하악

......

나비야, 내일 바로 데리러 올게.

슥

그래, 어차피 해결해야 할 일도 있었고.

혼자 두고 가고 싶지는 않지만….

에-

함

우득

참, 선생님.
입원비는 무료인가요?

잘 부탁드립니다.

네~ 내일
오후 2시쯤에
오세요.

이빨도
두 개밖에
없는 주제에
물어?

[동물명 : 나비]
진료 (162,000)
진찰료(초진) 10,000원
입원(1일) 152,000원
총 합계:
162,000 원

안녕 해, 안녕~♪

독립한 지
5일째.

두 달 치 식비가
사라졌습니다.

오빠~!
점심 왔음~.

대리기사

27

얼른 먹고
인제 그만
얼굴 좀 펴!

탁

어…

뚝

아.

얼굴 펴라고.

척 척
척

고일이를 봐!

후라이팬에
이마가 터졌는데도
저렇게 정숙하다!

다소곳~

보고
배우셈.

창피해서 얌전

에이C!!

승질~~!

부리지 말고
그릇 얌전히 두셈!!

찍
찍

어떻게
화를 안 내?

우리가 복돼지를
날려먹었는데!

'우리'? 오빠 탓이지, 혼자 놀라서 내던졌잖아.

얌전히-있자. 끼어들면 등 터진다.

…언제 뭐, 내 탓 아니랬냐!

졸부가 될 거라고 기대하고 있었는데.

정작 현실은 오천 원짜리 식대!

냉장고엔 바나나 우유밖에 없고!

좋아하잖음~.

…커피라곤 죄다 싸구려 믹스커피밖에 없잖아~!!

왜 바닥 팀만 원두커피 안 주는데?!

아씰

이럴 줄 알았으면 형님처럼 조달 팀에 들어가서 월급이나 많이 받을 걸 그랬어….

그 팀은 식대도 팔천 원이야!

쯧쯧.

괜히 월급 더 받고 식대도 비싸겠음? 다~ 이유가 있지!

우리야 마계 안에서 조달받은 물건 출처 세탁만 하는 정도니까

우리가 이 일 평생 할 것도 아니고

목표 금액 달성하면 각자 원래의 생활로 컴백할 거잖음?

재수 없게 걸려봤자 콩밥이지만, 인간계 오가는 조달 팀은~.

사형!

잘 아네.

괜히 헛꿈 꾸고 발 푹 담갔다 인생 말아먹지 말고 적당히만 하셈!

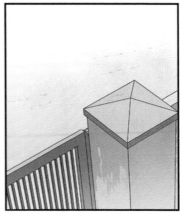

저벽

저벽

!@$%^

누구 다른
마물이 있나?

저벽

별로 마주치고
싶지 않으니
잠시 기다려야겠어.

$@#%~

갔나…?

저벽

101

우뚝

아무도
없나 보군.

사과도
해주시고

이…렇게
선물도 주셨는데

들어와서
커피라도 한잔
드세요.

해결해야 할 일을
해내는 중입니다.

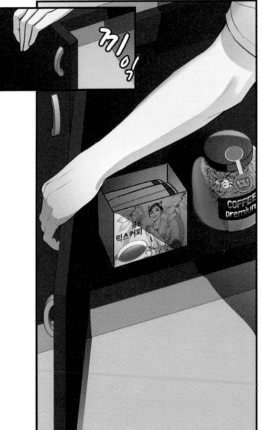

형제분이세요?

아~ 사진이요?

네, 고향 집에 있는
친동생인데—

집에 저 없다고 신났는지
연락도 제때 안 하고….

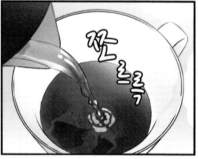

아주 놈팡이가
따로 없어요.

아, 제가 계속 서 계시게 했네요.

침대에 앉으세요.

네.

어색

커피 받으시고요.

감사합니다.

커피면 역시 쓰려나…?

TV라도 켜야겠어.

쓴맛은 별로 안 좋아하는데.

…달다!

화악-

너무 적막해;;

삑

TV
동물의 세계

해골 씨는 아직 학생이세요?

그럼 가족분들은 전부 절벽 위에 남아 계시는 거예요?

거창하게 '전부'라고 말할 숫자는 아니에요.

흐읍

네, 학교를 통학하는 게 힘들어서 독립했어요.

집이 좀 멀거든요.

얼마나 멀길래…?

절벽 위에요.

머네요.

가족이라곤 아버지 한 분 뿐이셔서.

그러시구나~. 아버지는 어떤 분이세요?

별로 특별한 건…

아!

나이가 드셔서 그런지 늘 잠이 많으세요.

잠이요?

네, 가끔은 대화하던 도중에 잠들어 버리시기도 하고….

Zz

언제부터 주무셨어요?!

심지어 제가 가출

—이 아니라 독립하던 날도!

방에서 주무시고 계셨어요.

우리 할머니 돌아가시기 전이 딱 그랬는데….

뭐, 이해야 하지만….

후욱

호록

…혹시 이미 돌아가신 걸 못 알아차린 건 아닐까?

상상 속 해골이 아버지

…나이가 정말 많으신가 봐요.

애비 먼저 가마~.

혹시 늦둥이?

그렇죠. 부자 관계치곤 나이 차이가 좀….

오늘의 게스트는~!

?

예지야.

옹스~?

의뢰인이 그냥 아줌마랬었지?

그랬었G~.

…또 쓸데없이 관심 갖는 거면 오빠 머리채 잡는다. 진짜?

이거, 얼마짜리 펌인데~.

기지배야! 그냥 궁금해서 묻는 거야!

뭐 하는 마물이길래 그렇게 돈이 많을까?

글쎄~? 난··· 의외로 평범하다에··· 한 표···.

하아-

하아-

안녕하세요, 오늘의 게스트! '자연사랑'의 회장이신 고 교수님입니다~!

안녕하세요~.

아~ 저분 아는데.

저 교수님 계신 대학교 다니세요?

아뇨, 그렇진 않고.

저 교수님께서 돌연변이 생물 관련으로 연구가 엄청나세요.

찰리찰리~ 이젠 아프지 말고 건강해야 해~!

생물학과 학생이라 발표하신 논문을 전부 읽어봤어요.

'자연사랑'이란 모임의 취지는 동물 보호 아닌가요?

연구자이시면 방향이 약간 다르지 않나?

저분이 대단하신 이유가 바로 그거예요.

연구와 탐구 대상 보호를 한 번에!

까르아~♪

최대한 생태계 간섭을 줄일 수 있게 느린 속도로 연구를 진행하신대요.

교수직에 선 지 꽤 오래되셨다고 들었는데, 아직 논문을 백 개도 못 채우신 이유가 그것 때문 이라고 들었어요.

자연 보호를 위해 활동하는 저희 모임에—

여러분의 소, 중, 한, 후, 원! 부탁드립니다~!

후원 문의 080 - 0000

평범한 아줌마 목소리였어?

으, 으….

우리만 해도 그렇잖음.

No, no~. 그냥 순박한 얼굴로 별일을 다 할 거란 소리지!

나도 눈썹 올려주라~.

눈 감지 마.

목소리가 뭔 상관임?

이게 어딜 봐서 이런 대행사 나부랭이에서 일할 얼굴들이야~?

그래…, 네 말이 옳다….

맞아요, 저희도 인상만 보면 풋풋한 사회 초년생이죠 뭐.

차례대로 동네 양아치, 불법 미용실, 다단계 점원상.

하하하

맞아,
인상만 보면
우리가 범죄
저지를 얼굴은
아니지~.

지난 8개월간,
장소를 바꾸는
치밀함까지
선보이며—

대형 마트를 상대로
도난을 일삼던 도둑이
드디어 CCTV에 덜미를
붙잡혔습니다.

와~ 이제야
꼬리 잡았네.

마트
점원으로
변장까지
했었구나.

못 잡을 만
했네요.

아, 아침에
그 마물
아닌가?

친절하게
대했던 게
사실…

의심받지
않으려고··?

이런 거
볼 때마다
참 신기해요.

생긴 건
평범한 동네
형인데.

카페인이
들어온다····

의심이 갈 만한
인상이 아니라서
더 그랬나 봐요.

죄송해요, 이제 그만 일어날게요!

아… 예.

커피 잘 마셨습니다~.

?

근데 생각해 보면 딱히 범죄자상이 따로 있는 것도 아닌 것 같음.

평범한 마물들도 다들 본인 급할 때는 작은 거짓말 정돈 하던데―.

그냥 거기서 좀만 더 나아가면 범죄인 거잖음?

흐응~ 일리 있네.

방해꾼도
사라졌고,

잉!

삑

이제 편하게
널 연구할게!

평범한 마물들이
자기 좋자고~

구라 치고
속이는 데서
시작이지 뭐.

어차피
세상 마물 모두
면상이랑 내면이
다르잖아?

형.

어떻게 알고
찾아온 거야?

집하고 연관된
마물들에겐
여기 주소를 알려준
기억이 없는데.

문에 테이프를
붙여뒀던 이유가…

네 친구라지만
심했어. 위험한 녀석
같으니 앞으로는
적당히 거리를 둬.

됐어.
그 주정뱅이가
무슨….

아,
집사님은
잘 계셔?

방이
좁은 건…
감점 요인이지.

걱정 마.
우리 아버지는
잘 계셔.

똑

다행이네.

스읍

방에서 이상한
냄새가 나는데,
알고 있어?

그래?

민망한걸.
요즘 냄새를 잘 못 맡아서
눈치 못 챘어.

…냄새를
못 맡아?

아예는
아니고
'잘'.

툭

가까이 다가가면
나긴 해. 그래서
음식 먹는 데에는
지장 없어.

그게 문제가
아니지!

향과 미각이
생기는 기본 마법이
유지가 안 될 정도로
네 마력에 문제가
생겼다는 거잖아.

무슨 일
있었어?

우득

아아, 형은
모르려나.

50

나 아버지한테 마력 대부분을 빼앗겼어.

그것 때문에 가출한 거나 마찬가지고.

뚝

뭐…?

집사님께 못 들었구나?

하긴 저녁 식사 자리에 어울릴 만한 얘기는 아니지.

후우ー

얼마나 많이 가져가셨길래….

초반엔 좀
불편했는데,
적응해서
상관없어.

그런 거로
아버지랑 얘기하고
싶지도 않고.

내버려둬.

어휴

그래.

이 얘긴 그만두고
문제나 해결하자.

아마도
저쪽….

끼익

윽.

심하네.

…잠깐.

저건
네 옷이
아니잖아?

너 동물
키워?

들켰네.
집사님께는
말하지 마.

그럼 분명
아버지 귀에도
들어갈 테니까.

뭐 기르는데?

고양이….

집에선 아버지가
동물 싫어하셔서
못 길렀잖아.

…….

너 울까 봐
기르지 말라고
하셨던 것
같은데.

아마… 우리 아버지가
말씀드렸던 것 때문에
그러셨을걸?

그냥, 동물
죽으면

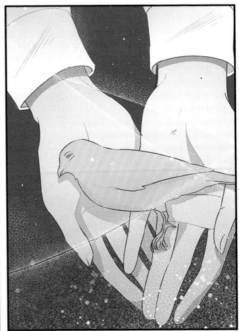

그러고 보니
고양이를
한 번도 못 봤네?

슥

침대 밑에라도
숨어있어?

쓰윽

이 방이 동물 키우기 좋은 환경도 아닌데

아버님 말씀대로 데려오지 말지 그랬어.

쪼옥

그럼 감점까진 안 했을 텐데.

...형, 잘못 알고 있나 본데.

우리 아버진 나 때문에 동물 키우는 걸 반대 하신 게 아냐.

본인이 싫다고 하셨지.

그러니까 그건 신경 쓰지 마.

그런 뜻 아니거든?

능력도 안 되는데 동물을 왜 데려왔냐는 말이었지.

퉤

뭐~~

기본적인 건 잘해주고 있어!

아직 새끼라서 많은 게 필요하지도 않고.

56

틀렸어!

처음부터 모든 게 완벽했어야지!

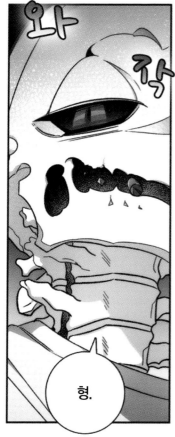

형.

듣기 싫어.

쓸데없는 소린 이제 그만해.

상황이 여유가
없으니까─

…그래.

쉽게 흥분해서
마력을
소비하는군….

하아

저러니 마력이
부족하지.

환경이 별로네.
동물은 왜 데려왔냐
따지기나 하고….

무슨 자취방
등급 매겨?

삐질ㅋㅋ

……

Episode

05

친구

짹•••

cafe the one

짹•••

짹•••

스륵

아이쿠,
갈기가….

페르난도.

사락

오늘의 난
정말…

하아•••

행운아야.

황홀해 보이십니다,
아가씨.

하긴, 그도
그럴 것이—

정말 우연히도
아담 사제님께서

저희가 있던 카페
맞은편 공원
벤치에 앉아

책을 읽기
시작하셨으니까요.

오늘은 정말
우연히 마주친 것이니

하아-

하아-

죄의식 없이
마음껏 구경하세요,
아가씨…!

?

저 마물은…!

둥실

둥실

……?

좋은 오후, 자매님.

요 며칠 못 봤더니 오랜만에 보는 것 같네.

릴리 너도 산책하러…?

빠각

꺅~!
손님~!!

변상하겠습니다.

아뇨,
그것보다도
지금 손에
뜨거운 차가!

단련된 분이라
괜찮습니다.

몸도 마음도.

예…?!

후···

릴리···.

더 이상
놀랍지도 않아.

오늘도
인사불성이
되도록 술을
마셨구나…

마신님,
이 알코올 중독자를
굽어 살피소서…

아.

중열

중열

속삭이고 있어—!!

속닥

과음복음 4장 2절—.

젠장—!!

사랑이라도…
고백하는 건가…?

이걸로
확실해졌다.

콩

아담 사제님은
저 서큐버스를
짝사랑하고 계셔!

땡.

저번처럼 저희가
착각한 것일 수도
있습니다.

그땐 실루엣만 비친 거라
정확하게 뭘 하는 건지
알 수 없었지만

분명 그때도
저분과
엮였었지만…!

이번엔
너무나도
명확하잖아.

67

음주를 하지
말지어다─.

음주를 하지 말지어다─.

음주를 하지
말지어다─.

기분 상하게 한 대신
저건 내가 처리해 줄게.

무슨… 빨래
할 줄도 모르잖아.

그냥 나중에
인터넷 뒤져서
해결할게.

괜찮아!
그리고―

문 닫고 할 테니까
절대로 열지 마.
알겠지?

휙

냄새 새서
방에 배면
큰일이니까~.

그럼 난
뭐 할까?

차나
한 잔
타줘.

열지 마?

하나도 안 궁금해!

포털

큰 마력이
소모되는
상위 마법으로

적어도
드래곤 이상의
고위 마물들만이
사용할 수 있습니다.

넘어와라.

생쥐
시종단

그리고 조용히 돌아간다!

찌빠루~

찌빠루~

파스스

미리 일러줬던 말들을 잊진 않았겠지?

넹! 집주인분께 들키지 않고 집안일을 해드리는 거예요!

그래, 돌아갈 때 다시 문을 열어주마.

슥

냄새가 심해서 코 아픔

…아까부터 계속 충격만 받던데.

차도 이런 거 내놓으면 무지 싫어하겠지?

하긴, 형이야 나처럼 서민 친구들이 없었을 테니⋯.

질 떨어져~.

이해하기 힘들 만해.

첫 손님인데 신경 좀 써주지 뭐.

우리는?

쉿, 얌전히 해야지.

참방

까~ 더러워!

까~ 냄새나!

참방

이러다 들키겠구나.

형~!

깜짝

집에 찻잎이 없어서 그러는데, 밖에 잠깐 나갔다 올게~!

……

아니, 없으면 굳이…

참
참짐방
참짐방
참짐방
참짐방
참짐방
참 참
참짐방
참짐방

부탁할게~. 꼭 마시고 싶거든~!

알겠어, 갔다 올게~.

호대대대.

흐댜댜.

쾅

떽!

얌전히 굴어야지!

싱크대도 청소하자~.

마루도 닦자~.

털?

이 방 주인의 것일 리는 없고….

흐음~.

색은 검은색.

방금 그 털은 분명 짐승의 것 같았는데.

틀리지 않았다면 이건 그냥 책의 부록일 수도 있겠군.

기르는 동물 사진이라고 단정 짓기엔 이르지.

좀 더 살펴보다가 바닥에서 흰색 털이 발견된다면 확신을….

청소 다 했어요!

도 도

도

도

도

깨끗하지 요오~?

증거 인멸….

웬일로 빠르구나?

방이 너무 좁아서요~.

초롱

초롱

쓰다듬어 주세요~.

테이프
뜯는 소리

아― 얼른 문을 고치든가 해야지.

문고리도 꽂아만 두니까 쓸모가 없잖아.

귀찮아 죽겠네.

헉―

청소를 얼마나 열심히 한 거야…?

헉―

헉―

왔어?

검은색 털?

네 것일 리 없으니까, 도둑이라도 들었나 싶어서.

달각

친구 중에 검은색 머리인 애가 있어.

그 녀석 거겠지.

…문 부쉈다는 마물?

휘

휘

아니, 걘 릴리라고 다른 녀석이야.

어떤 앤데?

그냥 좀…

스륵

욱하는 면이 있어.

탈
탈

이 자식…!

어디서
세뇌질이야!

버럭!

억울해!

파앗─

성경 읽는데
네가 옆에 와서
앉은 거잖아!

음주를 하지
말지어다~~!!!

효과 있음에 탄복

킥!

익!

어떻게 생겼는지 궁금해.

뭘, 평범한 서큐버스인데….

아니다, 형이 언제 다른 종족한테 관심을 갖겠냐.

잠시만, 사진이 있던가?

…저번에 핸드폰 망가진 이후로 찍은 사진이 없네.

슥

해골아~!!

쾅~!

나 세뇌당했다~?!

쟤.

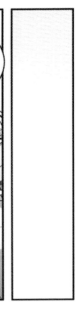

오늘은…

정말로 우연히
마주친 거야.

그치만…

그렇더라도
이렇게 상대를
계속해서
바라보는 거…

무척
실례되는
일이란 걸
깨달았어.

아담 사제님은
오늘의 모습,

분명
다른 누군가에게
보여주고 싶지
않으셨을 거야.

아····
피가 나네.

차…!

차이는 건 정말
창피한 일이니까ㅡ!!

아가씨…,
차인 건 창피한
일이 아닙니다.

나와 상대방의
마음의 거리를
묻고 확인받았을
뿐이니까요!

생각보다
거리가 멀었다고
부끄러워할 필요
없다고 생각합니다ㅡ!

덜컹!

나가자. 난 여길 떠나야겠어.

휙

예? 저 아직 티라미수 다 못 먹었는데….

이곳에 계속 있다간 시선 끝에 아담 사제님을 찾을 것 같아서 그래!

그러고 싶지 않아.

그냥… 사제님이 안 보이는 곳으로 가자.

아가씨….

아가씨,
마카롱은 그게
매력입니다.

달아!
너무 달잖아!

해골이네 형?

분명 왜 드래곤에게 스켈레톤 동생이 있는지 의아하겠지.

예, 그렇습니다.

우움~.

상황을 곧이곧대로 받아들이는 타입

형이 있었구나?

꿀떡

응.

후

그런데… 무척 친근한 사이인가 봅니다?

노크도 없이 문을 뜯어 열고 들어올 정

그럼요, 저희 디게 친해요~~.

완전 짱~~~!

맞다, 오늘 내가 문 고쳐주려고 집에서 연습해 왔는데.

혹시 십자 드라이버 있어?

눈치 주기 실패

마톡♪

서랍에 있는데 몇 번째 칸인지 기억이 안 나.

마마

집 문고리 다 떨어진 거 전부 네가 한 짓거리지?

사탕도 그만 좀 먹고!

후

어어?

갑자기 웬 노인네 같은 소리야.

구닥다리~.

속

흠칫

드르륵_

…어차피 오늘 데려갈 거니, 집 정도는 고치게 두는 게 좋겠지.

여기 없네.

탁

잠시만 내버려두면…

드르륵—

여기도 없네.

탁

드르륵—

덜덜덜덜

덜덜덜덜

여기…

있네?

저 요망한 것을
당장…!

드라이버가

잉!

간식을 주는 족족
던지는 애는 네가 처음이야.

바뀐 환경이
아직 낯선가?

이히~♪

	8.5kg
3/1	
	8.46kg
3/4	

몸무게가
약간 줄어
들었어.

분유는 잘 먹고 있는지 물어봐야겠다.

츄르 한번 줘볼까요?

꾸물

꾸물

아니.

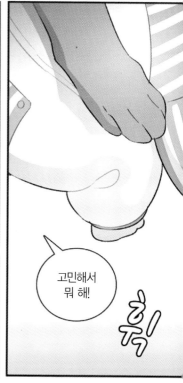

고민해서 뭐 해!

휙

생식을 선호하는 동물인가?

꿍

실험해 보자!

울먹

울먹

으애애애앵~!!

응?! 뭐야, 왜? 왜?!

달칵

끝!

빠르네.
수고했어.

그 정돈
아니고~.

잘됐네.
문 고쳐서.

저벅

목마르다.
술이나 마저
마실래~.

피곤하면
누워서 낮잠
좀 자든가.

꿀꺽

꿀꺽

캬~!

여 칵!

워.

휘청

워~ 워.

휘청

와, 봤냐.
나 방금.

· · · · · ·

켁, 뭐야.
너 벌써 취했어?

컥…!

부디…

너그럽게
이해해 주시길.

고작 수면제 따위로는
잠들 수 없으니까요,
스켈레톤은.

그래도 대비차
가져온 덕에
불청객을 치웠으니
쓸모가 있었습니다.

이제 그만 되었다.
둘 다 서랍에서 나와.

먼저 돌아가거라.

난 하루 정도
다른 곳에 있다가
가마.

드르륵

너우 무서웠찌····

왜요?

낑

낑

설득 해야지.

분부대로 강제로 데려갈 순 없으니.

자꾸 새로운 문 여시면 힘드실 텐데···.

쏙

괜찮다.

하루 쉬고 나면 돌아가는 문 정돈 다시 열 수 있을 테니.

방해드리지
말고 얼른 와!

호엥!

내일
보자꾸나.

자, 우리도
출발하죠.

예전에
가본 적이 있는
곳이세요.

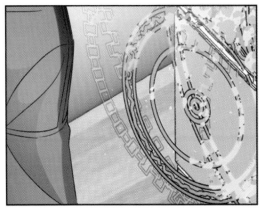

딸꾹!

조금 떨어진
곳으로
와버렸네요.

다 제
불찰입니다.

오랜만이라
기억이 잘 안 나서

마법진에 '위치'를 잘못 그린 모양이에요.

뭐, 덕분에 이렇게 팔에 안아 침소까지 모셔드리던 기억도 나고

좋습니다.

퀘엥

도착하면 간만에 동화책이라도 읽어드리죠.

파앙

…서큐버스?

찾았다!

어?

해골이가학~.

111

버리고
가자.

이상하네.
왜 자꾸 필름이
끊긴담?

파닥

파닥

왜 자꾸
일어나시는지가
더 궁금하군요.

해골이네 형이니까 오빠라고 불러드려요?

당신에게 그런 호칭으로 불릴 만한 나이는 아닙니다.

우씨-

움찔

보기보다 나이 차 있는 형제인가 보네~.

왜 갑자기 이런 곳으로 왔어요?

뀨····

나만 쏙 빼놓고!

보이는 것처럼 동생이 갑자기 쓰러져서···

급한 대로 가장 가까이 있는 저희 가문의 별장으로 이동한 겁니다.

앓고 있는 지병에 대한 약이 집에만 있으니까요.

113

나만 쏙 빼놓고?

지병이 있는 줄은 몰랐네~

그래도 너무했다~!

혼자 취해서 잠들었기에 내버려둔 겁니다.

손님으로 와서 인사불성이 된 분보다야.

하하하!

…왜 갑자기 이렇게 까칠하시지?

이제 보니 동생이 볼 때만 친절하신가 봐?

대놓고 드러내면 동생이 거북해할 테니 별수 없었죠.

서큐버스 주제에 무슨 수로 구사했는진 모르지만,

덕분에 제가 신경 쓰지 않아도 될 것 같군요.

돌아가 주시겠습니까? 방금처럼 알아서.

친절하게 대신 열어줄 생각은 없으세요?

유감이군요. 저도 오늘은 꽤나 지쳐서 말입니다.

무리예요.

있는 마력을 전부 쏟아 부었다고 하면 이해하시려나?

절랑♪

난 당분간 이 빈 병 하나도 못 없애요.

그럼 나도 별수 있나? 저 산 위의 친구네 집에서 하룻밤 묵고 가야지!

누구 마음대로…?

아까 해골이가 자고 가도 된다고 했던 거 잊었어요?

톡

그리고~

친구가 아플 땐 곁에 있어줘야죠!

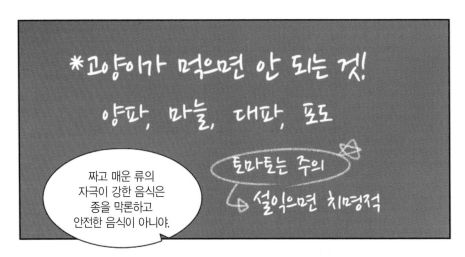

노래하는 단호박
속이 익은 정도에 따라
음을 높여 노래 부름

자, 냄새 맡아봐!

관심을 보이고 있어!

역시 돼지—!

삐—

뱉었네.

잡식성이 아닌 걸 보면 돼지는 아닌가벼….

푸!

툭

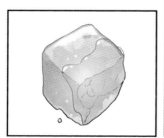

집어 먹었어…!

특이사항
알 밭 사용 ☆

역시 돼지!

―와 비슷하지만
좀 더 발전한 종!

궁금한 게 있는데,
해골이가 앓는
지병이 뭐예요?

제가 알려드려야
할 이유라도?

저벅

저벅

알려주시면
짱 친한 친구로서
도와줄 수
있으니까?

도와? 그럴
필요 없습니다.
앞으로 둘은
만날 일이 전혀
없을 테니.

으엥?

해골이 깨어나면 약 먹고 같이 집으로 돌아갈 건데요?

그런 곳은 집이 될 수 없습니다!

그리고 가족으로서, 열악한 환경에서의 생활을 더 이상 두고 볼 수 없어요.

휙

'진짜 집'으로 데려갈 겁니다.

집 싫다고 가출한 애를 집에요?

해골이 제정신일 때 물어본 거 맞아요?

걔가 두개골 두 조각 나지 않고서야 그럴 리가 없을 텐데?

아직 묻진 않았지만...

동의하게 되실 거예요.

하긴 뭘 해.

그럴 애가 아니라니까?

슥

그 비대한 자신감에 근거라도?

친구니까 곁에서 보고 들은 게 있었죠~.

타인의 행동을 확신할 정도라니!

얼마나 오랜 시간을 알고 지내신 건지 궁금하군요.

그에 반해 저는 200년이 넘는 시간을 지켜봐 왔습니다.

그런 제가 감히 판단하건대—

질 낮은 음식,

더러운 환경,

해골이가 외부와의 접촉이 가능해진 게 작년부터이니,

길어봤자 고작 1년인가요?

제어가 없어 망가진 생활!

BLACK TEA

모든 게 최악이에요.

당장이라도 가족들의 돌봄과 보호가 필요합니다!

빙글

나도 최대한 참고 듣는데, 맞아요.

어쨌든 가족이라니…

짜증 나고 술 땡겨…․

솔직히 처음 만났을 땐, 앤 평생 가도 혼자 못 살겠다 싶었는데.

그랬던 애가 1년 만에 변했어요.

내가 여태껏 만나본
마물들 중에서 가장
적응을 잘한다고요.

다 큰 애를
언제까지
잡아둘
생각이에요?

사육하는 것도
아니고.

천박하긴….

지탱 없이
서 계실 수 없고,
그럴 필요도
없습니다.

굳이
고생할 필요가
없단 말입니다.

당신 같은 마물과
입장이 아예
다르단 겁니다.

주변인들의
시중을 받을 위치에
계신 분이에요.

고생이 아니라

홀로서기에
재미를
느꼈는지도
모르잖아요?

그따위 것에
매력을 느낄 리가
없는…!

뻐적

가만…

당신이
괴상한 물을
들였군요?

이래서
그 학교엔 보내지 말자고
누누이 말씀드렸는데…!

뭐예요?
내가 해골이 친구라
불만 있어?

후우

안 좋은 물까지
잔뜩 들이는
나쁜 친구니까요.

예, 당신 같은
하등 종족과
어울리는 게
싫습니다.

웃기네…

당신이 그렇게 아끼는 뼈다귀도 별로 대단한 마물은 아닐 텐데요?

확실히,

스켈레톤이란 종 자체는 그렇죠.

하지만 부활체 마물이란,

왜 말을 돌려요?

내 친구가 댁 같은 마물 뼈로 만들어졌다 이 말이에요?

'재료'가 중요하다고 생각해요.

이분은―.

으윽…

머리가
깨질 것 같아….

…형?

왜…

날 들고
있는 거야?

해골아!

파지직

컥—?!

지지직

POST CARD

환골탈태ⓒ마고

유어마나

젊은 마물이
엄살은!

쿠당
탕

이제 보니
아까도 그런 식으로
기절시켰나 본데.

쟁그랑—

커헉!

*폴리모프: 변신 마법.

부들

으….

폴리모프 상태라
신체가 약해서—

부들

약도 구라였죠?
잘도 속였겠다.

부들

타격이 너무
크다—!!

돌아갈 테니까, 데려갈 거면 의사 정돈 제대로 물어봐요!

멈춰…!

우 뚝!

마력 좀 빌립시다.

뭐…

미쳤어요?!

유부남한테
무슨 짓입니까!

이래서
서큐버스들은…!

댁이 생각하는
'그 짓'은 우리 증조부 때나
쓰던 방법이고, 지금은
그럴 필요 없거든요?

손만 대면
뺏어갈 수 있는 걸
뭣 하러?

왜 이렇게 생각이
노인네 같담?

보기보다 나이가
엄~청 많은가 봐요?

비…

시선 회피

비록 당장은 저항할 수 없지만

나중에 내 보복이 두렵지도 않습니까?

손으로 밀면 넘어지는 약골이 무섭긴!

밀다니! 말은 똑바로….

네, 네~.

쯧…!

상태가 최악이군.

으…．

두근

쀼우

우웅

아니,
그것보다도

이대로
마력이 바닥나면—

두근

폴리모프가
풀린다.

두근

돌아갈 문을
열 수 있을 정도면
되니까, 많이는….

켜….

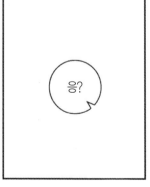

응?

꾸욱

비켜요…!

아.

부들

혹시 제가 넘 세게 때렸나요.

큰일 인데.

저 이제 신고당하면 진짜 감방…

억——!!

팍—!

왜 밀치지?!

다정하게 걱정해 준 건데!!

콰앙

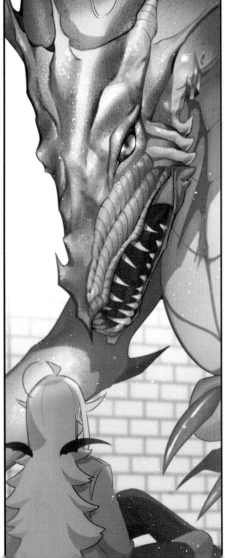

저렁

저렁

와!

드래곤
이었네~?!

팍-!

팍-!

답답

우직

슬금

뒤로 가기

일부러
그런 거냐는
표정

우지끈-

야아아아아아아!!!!!!!!!!

파앗

이런 걸로 마력 다 쓰면 안 되는데…!

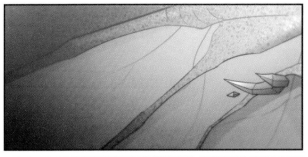

포붕

!

화악

뭐야,
틸 마력은
있었잖아?

이쪽은 뺏은 마력도 다 썼는데….

…사님!

집사님!

주륵

주륵

정신 차리세요!

의사를
불러올게요!

가지 마라.

아무에게도
알리지 마.

오와~.

녹색 응가네?

잉냐.

푸학

소화가 잘 안 돼서
녹색 변이 나왔나~?

닭즙의 빌리루빈
색소 때문이라던가~.

혹시 달팽이처럼
먹은 대로 초록색을
싼 걸까~?

그건 그렇고
바지에 그대로
볼일을 보다니~.

잉!

친절하게
기저귀를 쓰라고
설명까지 해줬는데
너네 주인은 뭐 하는
마물이라니?

146

더러우니까
그 얘기
그만하세요!

뭐가아~?

빠지직

잉?

앞에 있잖아요!

우웅~?

훅

훅

훅

띠딩♪

팟

147

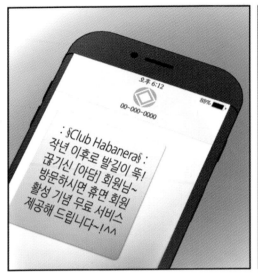

집사님이
아니었구나.

끔적

나도 참…

왜 오늘은
답장이 없으시지?

섭취 가능 식품 분류⌐

타

타닥

타닥

타닥

쯔오옥

➡️보내기　미리보기　임시저장

달칵

받는 마물　고 박사님

첨부 파일　섭취 가능 식품 분류.hwp

받는

첨부

전송 완료

확인

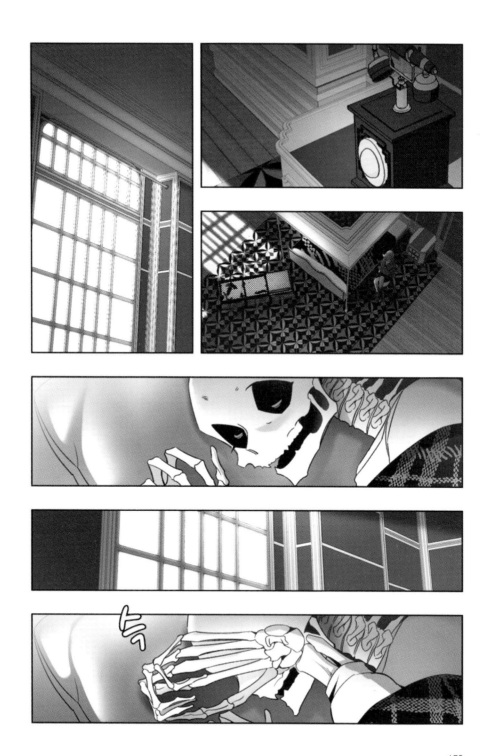

커튼을 쳐야….

부스스

……?

릴리…?

해골아.

친구로 삼기에
별로인 타입인가, 나?

뜬금없이.

그럴 리가.

너는~
나쁜 물만 들이는~
못된 친구~.

아,
…여기
우리 집사
별장이야.

멍~

154

집사님?

응, 형은 집사님 아들이고.

가웃

왜 여기로 왔는진 모르겠다.

…친형이 아니었어?

무슨 착각을…. 어릴 때 가끔 놀러 오곤 했는데,

그때마다 형과 누나를 만났어.

드륵

누나도 있어?

우리 애랑 놀지 마!

옳소, 옳소!

응, 이번엔 형만 왔지만.

많이 변한 것 같더라.

꽤 유쾌한 마물이었는데—.

달칵

이런 걸 숨겨놓는 방법도 알려줬고 말이야.

얼마나 오랫동안
못 봤는데?

30년.

…혹시 우리 형이
뭐라고 했나 해서.

슥

전혀!

그럼 왜 축 처졌어?
너답잖게.

밤새 술을 한 병도
못 마셨지 뭐야~.

너답지
않은걸;;

탁_

주방에 가면
와인 있을 거야.

저벅

도수 더
센 건 없어?

글쎄…
찾아보면

관리인이 숨겨둔
위스키 정도는….

끼익

알려주는 걸
깜박했는데,
이 방 말고는
다 부서졌어.

너 우니?

사, 산산조각
나는 줄 알았어…!

달달

달달

뭐 어때~
스켈레톤인데!

다시
조립해 줄게!

끼익

끼익

붙겠냐?

와르륵

지금 내가
가진 마력으론

손가락 한두 마디
떨어진 거면 모를까,

죽어?

산산조각
나면…

죽어?

안 죽어!

아버지 말곤
붙일 수 있는
마물이 없어.

마력이
부족해서
그런 거야?

아니, 왜 그런진
모르겠는데,

나도
한 마력
하는데!

반드시 처음
생명을 준 마물의
마력이어야 붙나 봐.

이러나저러나
난 부활체니까.

그럼 네가 부서지면
아버지한테 데려가야 해?

글쎄… 순순히
붙여주실지는…

걱정 마,
내가
꺼내줄게!

구하러 가겠소!

히잉~

게임이냐.

모르겠다.

집에 돌아가면,
아마 가둬놓지
않으실까.

후

응~ 좋네, 드래곤 성에
잡혀간 공주님!

다그닥
다그닥

역시 형이랑
무슨 일이
있었던 것
같은데…

…술 취한
기사님은 됐어.
말 타다
떨어지겠다.

주소 알려줘,
말을 부르자.

그것보다 여기 별장
우리 쪽에서 꽤 먼데,
어떻게 돌아가지?

말?

끼익

이 몹쓸….

너희 자꾸 이렇게
필요할 때만 부를 거야?

너 차도
있었냐?

저벅

검은색이잖아,
교회 차 빌려온 거야.

161

뒷자석에 타도
안전벨트 매고.

귀찮아.

출발 안 한다?

으아아악!!!!

이게 뭐여!

어디 갔어?!

관리인

건물
어디 갔어!

나비야~.

나비.

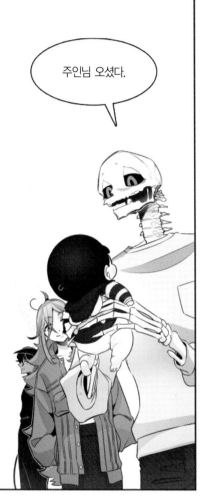

주인님 오셨다.

?

새 옷이네요?

귀엽네~

개 옷이에요.

해골 씨가 기저귀를
안 채우셔서…

옷에 대소변이
왕창 묻었지 뭐예요.

내가 다
적어놨는데 말이야.

밑줄도 쳐줬어야 했나~.

이건 원래 입던
옷이니까 가져가요.

뭐지, 저
익숙한 피곤함….

아,
기저귀요.
혹시 입히는
방법 좀
알려주실 수….

하ㅡ악.

그냥
갈게요.

잠을 못 주무셨나 봐.

피곤해 보이시더라.

그런가…?

화나 보이시던데…?

일단 난 다시 교회로 돌아갈게.

왜? 차는 반납했잖아.

너희 덕분에 일하던 도중에 나온 거라.

아직 업무가 남아있어.

내일 봉사 활동 오는 거 늦지 말고.

으, 장난 아니게 피곤한데.

노인네한테까지 시달려야 한다니.

저런 불경한!

네가 아플 때 도와줄 마물이 한 명도 없다고 생각해 봐!

됐어, 그럴 일 없으니까.

저벅

저벅 저벅

슝

휙

넌 정신을 어디에 두고 다니니?

좀 봐줘, 어제부터 하루 종일 술을 한 병도 못 마셔서 그래.

정말...?

뭐야;; 불쾌해, 인마.

화

악

효과 있음에 탄복

166

그룹 채팅 (2명)

네가 준 옷은 아닌데 귀엽지?

루이루이루

내가 만든 것보다 괜찮다는 말이야 지금 !@#(!@$*

…루이가 화났어.

왜?

암튼 내일 나비 데리러 들를게~.

싱글

몰라!

벙글

응, 부탁해.

167

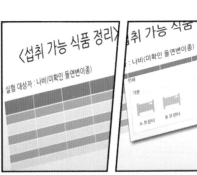

으아아아아
아아아아아
아아아아아
!!!!!!!!!!!!!

또 이런 쓸데없는 걸 보냈겠다…!

이렇게 되면 다른 계획을 쓰는 수밖에!

오빠~.

전화 좀 대신 받아주셈~.

RRR—

RRR—

안 돼, 니가 받아.

아~ 내가 전화를 우예 받노. 내 손을 봐레이!

RRR—

가스나야~ 넌 내 머리 안 보이냐 지금?!

그리고 너 또 사투리 썼다.

Oops.

뚝

끊었네.

분위기상 딱 알지.
미련이라곤 없는
마물이었삼.

혹시 저번의
아줌마한테
독촉 전화 온 거
아닐까?

아줌마 아님.
상담원 짬밥이
몇 년인데~.

후~

그럼 전화 올
마물이 누가
있다고…

바닥 팀은 뭐
손님 없음?

부스럭

잃어버린
개 찾아주기,
바람난 파트너
증거 잡아주기!

예~ 예~.

부스럭

RRR-

아우~ 또 울리네.

난
안 받음.

RRR-

나도
안 받아.

저 왔습다~.

니가 받아라!

또 이러신다들,

그러니까 미용은 한 번에 한 분씩 하시라니까.

몰라, 몰라~ 시간 없는골~.

여보세요?

야 이 새끼들아, 왜 전화를 안 받아?

…형님? 형님이세요?

형님?

큰오빠야?

…네, 지금 계신 곳으로 오래요.

어디 계십니까?

예, 클럽…

하바네라요.

알바지옥

채용정보 수정

실험실 보조

하….

마음에 드는 녀석을
찾을 수 있으면
좋겠는데….

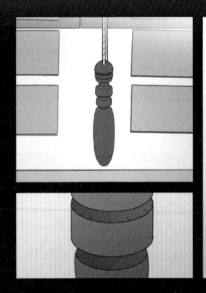

척척박사님 마고!

찰칵—

찰칵—

Episode

06

집

끼익-

달칵

예상보다
얌전한걸.

저벅

저벅

릴리가 형과
한바탕 싸운 줄
알았는데.

저벅

수

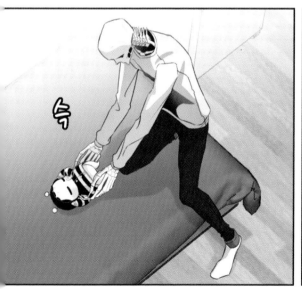

색-

색-

175

동물을 키우기엔
환경이 별로라고
했었지….

이 방이 그렇게
좁아 보였나?

세 걸음

아직
새끼인 게
맞겠지?

테트리스 실패

이사의
필요성을
느꼈습니다.

자격증이
없으니
남는 글이
몇 개 없군.

딸깍-

남은 건…

검색 결과	작성자 공개
*비공개 실험실 조수 구합니다.	X
*수영복 사진 모델 구해요~^^	X
*표지 일러스트 외주 구합니다.(10만원)	X
*비키니 모델 구해요.	X

기술이란 게 이렇게
중요한 거였나…?

전부 수상해―!!

돈을 버는 건
힘들군….

부스럭

일어났어?

좀 더
돈이 되는...

전공을 고를 걸
그랬나 보다.

그렇지?

간질

바스스

이야, 귀엽네.

나름대로…?

까르륵

까르

까륵

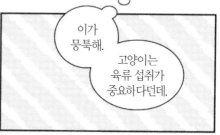

이가 뭉툭해.

고양이는 육류 섭취가 중요하다던데.

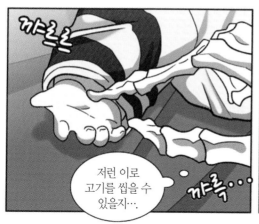

까르륵

저런 이로 고기를 씹을 수 있을지…

까륵…

이익!

간지러웠냐, 미안.

탁!

에~~~

…아직 새끼라서 덜 자란 거겠지?

나중엔 뾰족한
이빨이 나와야
할 텐데…

계속 안 나면
심어줘야 하나…?

쪽쪽이 같은
편안함

부, 붙질 않잖아…?

틱
틱

이, 이 무례한 짐승이…!

허우…

뿌들

뿌들

감히 내 손가락을 뜯어…?!

야!

바둥

바둥

지금!

덥석

마왕님께서 봄맞이 축하 말씀을 위해 모습을 드러내고 계십니다!

현재 광장에는 엄청난 수의 마물들이 모여있습니다―!

일전에 전달된 마왕님의 행사 참여 소식으로―

쭈욱

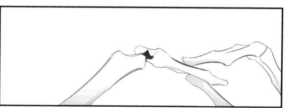

까아아악,
왕이시여!!

왕이시여!!

와아

아아

아아

왕께서 연설을 시작하십니다ー.

친애하는 국민들.

작은 마물부터 큰 마물까지,

그대들과 함께 새로운 봄을 맞이함을 기쁘게 여긴다.

와작

와작

모두들 축하하며

187

무사히 한 해를
보내기 바란다.

행사를
즐기도록.

누가
묻거든

너희도
그렇게
대답해라.

주인님께는
본가에
다녀온 걸로
말씀드렸으니

네에~!

지금까지 미카엘 님의
연설 보내드렸습니다.

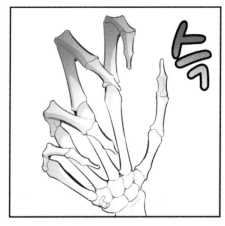

어우, 화상도 저런 화상이 없어 얘~.

얼굴 팔릴까 봐 무섭다고 일도 하나 안 돕고!

에이, 우리 큰오빠한테 넘 그러지 마셈~.

지금 어딨음?

창고 안에 문이 하나 더 있는데, 거기에 있어.

뚜껑 잘 닫아야지~.

파삭─

밥만 축내잖아~!

달칵

다닥

Spider Candy

다닥

너네 직원 여기서 며칠째 짱박혀있는 거 알지?

너네 사장한테 돈이라도 보내라 그래, 여기 호텔 아냐~.

참 나, 말단이 어떻게 사장한테 연락을 해?

몰~라~.

무슨 수라도 써봐~. 나도 너희 회사 덕 본 거 있으니까 요 며칠은 참아준 거야~.

자, 요건 예지 거♡

꿀떡

언니, 땡큐☆

어휴, 여기서 예쁜 건 너뿐이다 얘~.

에이, 언니도 포함이G~!

맞다, 맞아. 까르륵~.

덜컹

형님!

무슨 일이라도 있었음?

한동안 연락도 없이….

왔냐.

유와~

뭐야 그 옷! 마법사로 전향하게?

그럴 재능 있었으면 이러고 살겠냐.

나….

울먹

울먹

완전 망했어.

큰형님네 식구들이 원래 운이 좀 나쁘잖아요.

ㅋㅋ

고향도 망해서 내려오셨더가~.

끼익

아이는?

달각-

주인님,
복귀했습니다.

…도련님께선

저벅

잘 지내고
계셨습니다.

크게 다치실 위험은
적을 거라 판단되어…

우선은 접촉하지 않았습니다.

그런가…. 사진과는 다르군.

사진에 찍힌 날은 다소 피곤하셨던 모양입니다.

주인님께서도 피곤하시진….

괜찮네.

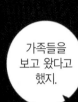

가족들을 보고 왔다고 했지.

벨라는 잘 지내던가?

…예, 이자벨은
건강합니다.

아이들도
잘 지내더군요.

이혼할
사이니까요.

…이제 그렇게는
부르지 않는군.

실수로…

고양이 말고 위험한 생물을 데려왔다고?

삐질

삐질

인간계에 위험한 동물이 뭐가 있어?

덜덜덜

육식 동물 같은 걸 데려온 건 아니지?

혹시 '인간'…?

인간 아냐!

그건 확실해!

휙

인간하고는 완전 다르게 생긴 생물이야! 걱정 마!

그냥… 인간계 생물 유통은 일단 걸렸다 하면 사형인데,

가져온 물건도 틀린 데다 생겨먹은 것도 괴상했으니까….

어쩌면 인터넷 같은 데 올라가서 화젯거리가 될 수도 있잖아.

여차하면 들키겠다 생각하니….

들키기 전에 찾아내서 처분하면 되잖아요?

저번에 종이에 그려주신 동물이라고 하셨죠?

그거… 아까부터 떠올려보고 있긴 한데 말이지….

그때 형이 그렸던 그림은 영~ 돼지라고 밖엔 생각이 안 돼서….

※ 머리에 나비 같은 게 달린 옷을 입음.

살쪘음 ↗

드럽게 옷 그린 점도 있고….

197

형,
이 사진 좀
봐봐.

이 동물이야~!

굿모닝~♪

다행이다.
잘 자고 있네.

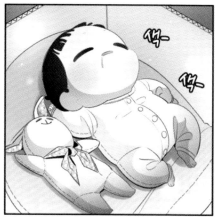

잘 때
몰래 옮겨둔
거지만,

이런
방식으로라도
잠자리를 분리해
두지 않으면

버릇 드는 건
순식간이니까.

우선 병원에서
받아온 호박으로
고양이 아침밥을…

새벽에
시끄러워서
붙힌 테이프

낮은

또똣, 도, 도- …레-

미-

덜덜

덜덜

덜덜

미쳤습니까, 마물?

이거 원래
말도 하던가?

찍!!

칼

칼

푸그륵, 푸그르륵-!
우웩튓퉤레레레~~!!

칼

식재료가
맞나?

달칵

갸아아아아악
~~~!!!!!!

으악,
깜짝이야!

우응…

빠시락

빠시…

이잉ㅡ.

내가 보관을
잘못한 건가…?

실온 보관
하셔야 해요~.

도ㅡ♪

이제야
얌전해졌네.

벌써 깼나?
기다려.

이것만
요리하고
바닥에
내려줄게.

떡

?

깜짝이야···.

휴

네가
떨어진 줄
알았잖아.

저벅

수

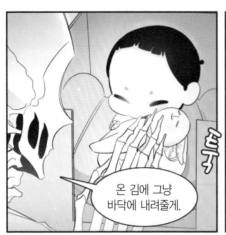

온 김에 그냥
바닥에 내려줄게.

딩동♪

해골 씨~ 옆집인데,
혹시 집에 계세요?

예, 있어요.

고향 집에서 딸기 농사를 짓거든요.

저녁에 드릴까 하다가

비얌 딸기

무르기 전에 얼른 드리는 게 좋을 것 같아서….

저야 주시면 감사하지만….

왜 이 비싼 걸….

마트에서 과일의 가치를 깨달은 참이었습니다.

저번에 선물을 주셨으니 답례 드려야죠!

파앗─

순박

오늘 어디 가세요?

그거야 지은 죄가 있으니….

받아도 되는지… 감사합니다.

맛있게 드세요.

아, 면접이 있어요.

시~~ 도~~~.

아, 호박 끓는다.

행운을 빌어주세요!

예,
제 행운까지
빌려가세요~.

도~!

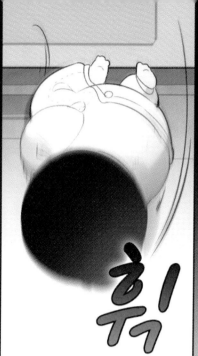
훅

잡았다….

잉….

잡았어….

이익,
잉….

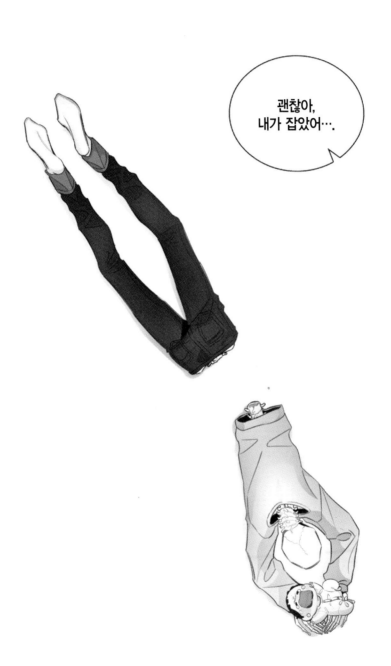

비록 깔려있지만,

나는 괜찮아.
신경 쓰지 마···.

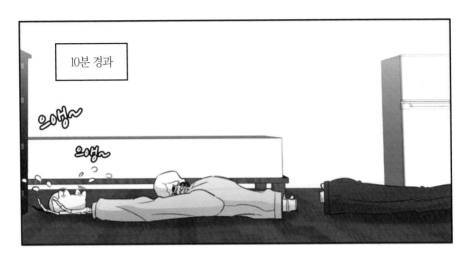

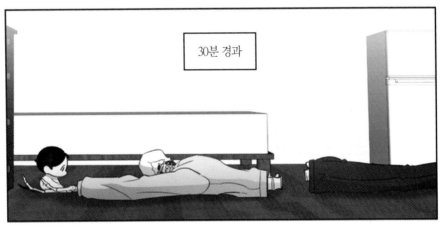

단호박 소리도
안 들리는 것 같은데.

혹시
불이라도 나면….

탁

주룩—

저리 가—!!!

팍

팍

야! 어디 가?!

엉금

엉금

흥미 잃음

빠아앙-

현관문이 열려있는데…!

엉금

엉금

만약에 집을 나갔다가…

엉금

꾸물…

나비야! 이리 와!

나비야!

엉금

스

히 우 우 우 웅.

현관문 네가 열었니?

잉!

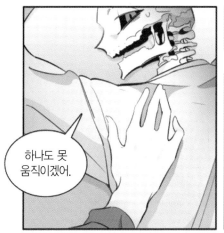

하나도 못
움직이겠어.

뭐, 고개
정도는····

덥석

붕

붕붕

에비, 에비~
이래도?

으아아아악!!!!!

하하하하!

바들

이러지 마….

긴급통화
119

잉.

이잉—.

220

째낵째낵...

고해소

고백하겠습니다.

제 한 손으로
친구를 울렸어요….

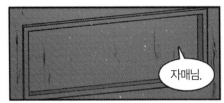

자매님.

드르륵

고해소에 들어오실 땐 술을 밖에 두고 오셔야죠.

뭐야, 알코올 중독자 치료방이었어? 잘못 들어왔네.

고해성사도 할 게 못 되는구나~.

이래서 안 하던 짓을 하면 안 돼~.

아야, 처음 보는 것아,

여 안에 대체 뭘 넣어둔 거여?

해골이가 키우는 고양이예요.

끼익

휴일엔 제가 맡기로 했어요.

으앙

잉

팽이 맞어? 우리 막냇동생 우는 소리랑 똑같던데…

아휴, 헛것 들리시나 봐~.

이잉

나이 드신 분들은 시력이랑 청력이 감퇴돼서 그래.

자존심 상함

감퇴되긴 뭘 감퇴돼!
아주 잘만 보이는구먼!

으디 괭이
얼굴 좀 보자!

영감님,
아픈 고양이라
보면 놀라실 수도
있으니까….

짠,
이쁘죠?

어?

어….

…이쁘구먼!

깜짝

네에~?!

제대로 보고
말씀하시는 거
맞으시죠?

다, 당연하제!

순돌의 시선

복슬복슬…

아주
이ㅡ뻐!

민둥민둥이
아니고요?

아, 아이고, 이쁘다~.

이뻐~.

자신감 뿜뿜!

마계병원

영안실에 있어야 할 시체가 왜 여기 있는 겁니깟!

불법 부활 의식이라도 하는 줄 알겠어욧!

빠끔

오해받아서 신고라도 당하면….

붙여만 주세요.

꺄아악!

허, 허리가…?

원래 요추가 좀 약해서요.

파닥

파닥

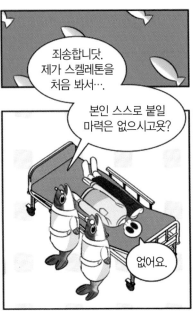

죄송합니닷. 제가 스켈레톤을 처음 봐서…

본인 스스로 붙일 마력은 없으시고욧?

없어요.

저… 이런 경우엔 무조건 처음 마력을 주입해 주셨던 분이 직접 붙여주셔야 하는데…

혹시 사정이 있으신가요?

네, 연락 못 해요.

자석이든 접착제든 아무거나 사용해서 붙여주세요.

…말도 안 되는 소리 마시고욧.

사유라도 들읍시닷.

227

그래…, 그런 일이 있었구나.

난 또 그놈이 튄 줄 알았지~.

간질

간질

에이, 걔 그렇게 책임감 없는 애 아니에요!

그럼 다음 주에는 온다냐?

쓰담

사고가 난 걸… 가장 먼저 알아채지 못하다니.

집사님께 보고조차 드리지 못했어….

분명 미덥지 못한
마물이라고
생각하시겠지….

문병 가서
상태 한번
봐야죠~.

아담아!

아담!

으, 응?!

너도 갈 거지?

뭘…?

문병.

나사
빠진 놈.

무, 물론이지.
순애 할머니 오실 때까지만
기다렸다가 출발하자.

어디 가냐?

저녁

어라,
할머니!

오늘은 일찍
오셨네요?

그려.

순애 왔냐~.

저녁

릴리는 오늘 두 분 다
처음 뵙지? 순돌 할아버지
가족분이셔.

......?

일란성
쌍둥이!

아니,
동생분이야.

230

…다른 그림 찾기 하는 것 같아.

음주로 인해 착란 증상이 온 게 아닐까?

너어는 진짜 틈만 나면.

으응?

뻐걱—

워메, 오빠 손에 그 잡스러운 건 뭐당가!

꾸벅

잡스러운 거

괭이.

노망났어?! 그렇게 생긴 괭이가 세상 천지에 으딨대?!

왜 그냐, 복슬복슬허니 이쁘기만 헌디~.

노망났네….

척

찾았다!

손에 든 게 달라!

쟤도 여기 환자냐?

아니요….

안경이랑 머리는 신경도 안 쓰는 거니?

그건 그렇고 처음 보는 인형이네요?

이거?

평소에는 내 침대 위에만 두니까 너는 볼 일 없지.

하하하, 그렇네요.

오늘은 왜 들고 오셨어요?

저번주에 왔을 때도 오빠가 자꾸 뭘 깜빡 하더라고.

옛날 물건 좀 가져오면 도움 될까 싶어서 들고 와봤다.

쿵담

오빠, 이거 기억나?

잉~ 니가 안고 자는 인형 아녀.

그려, 오빠가 갖다 준 거잖어.

인간계 에서.

인간계면… 인간계 전쟁 때요?

그려, 전쟁 났을 때.

이잉? 사다 준 것이 아니고?

마계령 2조

국가에 승인되지 않은 인간계 물건 반입·유통 시 엄벌

그거… 불법 유통 아닌가?

신고를 해야 하는 게….

사긴 뭘 사!
우리 집에 인형 살 돈이
어딨었다고.

허이구야,
내가 그걸 어디서
주워왔더라~?

이것 봐라,
노인네가 이렇게
깜박깜박한당께.

모르겠다,
괜찮겠지.

많이
속상하시겠어요.

속상하긴,
치매 걸린
이한테
뭘 바라…

옛날이니까
괜찮은 건가?

오메, 글고 봉게
이 인형…

민둥민둥한 게
그짝이랑 닮았네?

뭔 소리냐, 얘는
복슬복슬한데.

우리 순애 눈이
겁나게 안 좋은갑다잉.

…오빠한테 그런 소리
듣고 싶지 않어.

시방까지
뭔 인형인가 혔네.
괭이여?

걔는 돌연변이라서
다른 고양이들하고
좀 다르게 생겼어요!

괭이
였구먼.

희귀해도 본떠
맨든 인형이 있는 거 보니
비슷한 거 수십 마리는
더 있는 갑지.

아~ 따로
종이 있는 것 같단
말씀이시구나!

그려, 그 왜
얼굴 찌그러진
애들처럼.

…페르시안
말씀이시죠.

쿠울ㅇㅇㅇ

그나저나
털 없는 괭이가
왜 있는지 모르겄네,
못나 빠졌구먼.

복슬복슬해야
귀엽지~.

235

할머니는~ 종족 차별 금지법 모르시는구나!

요즘은 동물이라도 그런 말씀하시면 안 돼요!

우덜은 너그들같이 학교 공짜로 안 보내줬응게 글제잉.

배운 거 있으면 니가 읊어나 봐.

그러죠, 뭐! 제일 기초되는 말이, 생명은 물이다~.

…끝.

끝은 니~미.

놀고 자빠졌네. 닌 학교도 놀러 다녔냐?

에이, 놀긴요~.

아쉬워···

별로 못 놀았어요.

생명은
물과 같고

몸은 이를
담는 그릇이라.

그릇마다 생김새가
다른 이유는 서로 다른
환경에서 제 본분을
다하기 위함이니

그 모습을
비교하며
함부로
낮추거나

반대로
우러러 보아서도
안 될 것이다.

성경에도 나오는 글귀예요.

잘났다.

아~! 기억났다.

휙

휙

전쟁 도중이라 난리가 난 와중에, 내가 딱 집어온 거여~.

당시엔 내가 가장 막내였는데,

제일 먼저 전리품을 갖고 왔다고

선임들이 으찌나 칭찬을 하던지~.

헤헤~.

쓰담

장하다, 순돌아!

엥?

…어휴, 저 소리만 골백번 들으니 지겨워서 미치겠네.

그래도 도움이 되는 것 같어.

주책맞아도 며칠 더 들고 다녀야 쓰것다.

칭찬이 최고여~.

♪

릴리,
해골이가
입원한 곳
정확하게
알고 있어?

잠깐만~.

도련님,
전화 왔어요.

해골이한테
어느 병실에 있는지
물어볼게.

239

여보세요.

문병?

상관은 없는데….

나 지금 병원이 아니라—

집에 가고 있어.

우리 집에 올래?

잘 안 들리는데, 폰 좀 눕혀줘.

픽

음, 됐다.

너희 집?

어딨는지 모르는데?

릴리!

내가 알아.

뭐?

아… 주소 알려준다고?

못 들었구나.

뭐야, 왜 그렇게 멀어?

차 타고 가야겠네.

아담이 교회에서 차를 빌릴 수 있을 거야.

둘이서 타고 와.

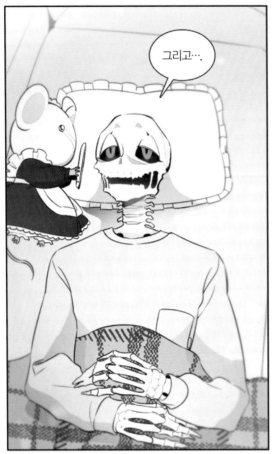

그리고….

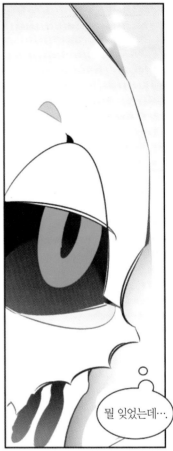

뭘 잊었는데….

불쑥

도련님, 정문에 도착했어요.

편하게
계세요….

아냐,
이제 됐어.
끊을게.

파들파들

파들

알았어~.

화원
지나가고
있어요.

틱ㅡ

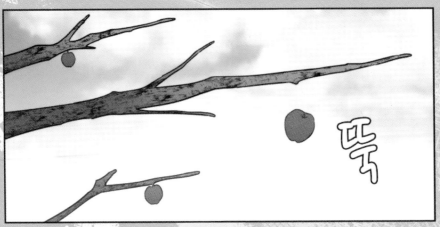

뚝

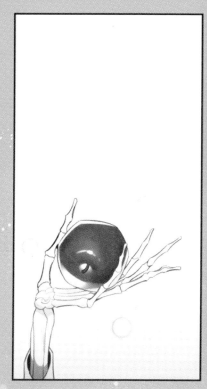

와삭

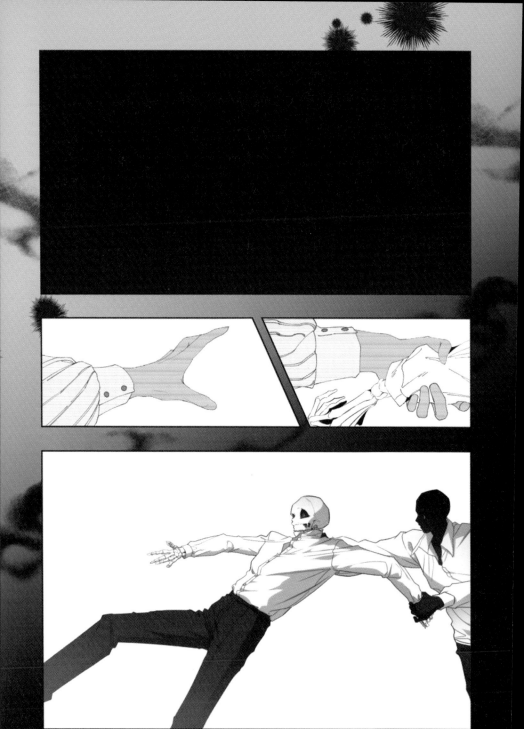

사과 드시고 싶으세요?
가져다 드릴까요?

도련님,
울지 마세요.

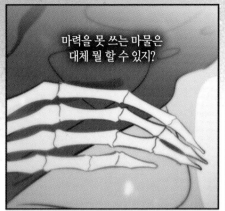

마력을 못 쓰는 마물은
대체 뭘 할 수 있지?

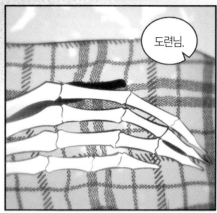

도련님.

왜 그래?

화원인데,
조금 쉬다
가실래요?

아니, 됐어.

휙

......

생각났다!

릴리한테
문자 좀 쳐줘.

네에!

그룹채팅 (2명)
뼈다귀

냐비도 조ㅁ
대려와 죠.

할아버지,
나비 데려갈게요.

해골이가
보고 싶대요.

용케
이해했습니다.

252

그려~.

그 인형 말이다~
이 오래비가 전쟁통에~.

어휴…

또 시작이네.

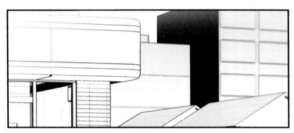

끼익

야, 잠깐
편의점 좀
들르자.

응?
뭐 사게?

달칵

문병 선물.
나비 들어!

우왓.

제멋대로라니까, 그치?

쓰담

우이잉~.

덜컥

쓰담

왔어?
선물은?

해골이가
좋아하는 게!

아하,
연기 사탕···.

하하···

출발할게.

도련님, 이제 내리실게요.

그래.

탁

탁 탁

도련님!

탁-

하찮은 짐승 따위를 잡으려다 귀한 분이 다치셨다니…!

훌쩍

하찮으니까 잡아줘야지.

말꼬리 잡지 마세요.

예절에 어긋납니다.

첫.

픽

우리 일주일 만에 얼굴 본 건데 잔소리부터 하는 거야?

뜨끔

매일… 도련님을 생각하다 보니,

엊그제 만난 것처럼 익숙하네요.

징그러워.

엊그제 만난 게 맞습니다.

나
연기 사탕
좀.

집사.

저녁

예.

이런 와중에도
간식만 찾으시다니,
역시 도련님은 아직
어리십니다!

또 잔소리‥‥

진정해요.

긴 말씀
드릴 필요도
없겠군요.

**집으로
돌아오세요!**

싫어!

싫으시다뇨?

내 방 꽤 괜찮아.

그 좁고 지저분한 집의 어느 부분을 말씀하시는 겁니까?

뭐야, 집사가 봤어?! 내 방 봤냐고!

보, 본 적은 없지만!!

서민들 집이야 뻔하잖습니까!

질 낮은 환경 때문에 이런 사고가 난 겁니다!

아냐, 고양이 때문이었어.

방이 좁으니까~!

시야가 흐려져서…!

그냥 고양이 때문이라니까.

그 쓸모없는
짐승 털을 전부
뽑아드리죠!

화들짝

내 고양이
털끝 하나 건들지 마!

화들짝

걘 건들 털도
별로 없단 말이야!

유난히 털이 없던
나비…

절대
손대지 마!

약속해,
빨리!

…약속드리죠.

휙

이제
고양이 털까지
치우게 생겼군.

꺼어—

꺼어—

안녕하세요.
미리 연락을 드려야
할 것 같아서요.

해골이
때문에요.

집사님 00-000-0000

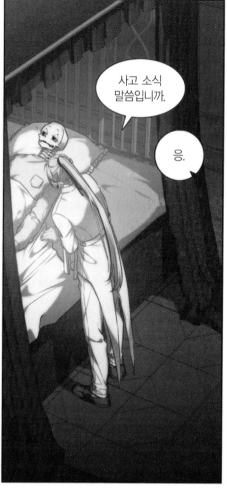

부디 이번엔…

…알았어,
별말 안 할게.

알겠습니다.

저벅

쉬시길.

뭐냐?

탁-

전화가
왔어요!

끼익

집사님!

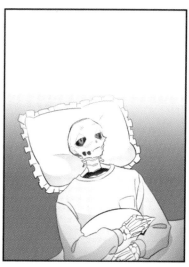

주인님.

똑
똑

무슨
일이냐.

전달드려야 할 일이 있습니다.

해골 도련님께서…

지금 방에 계십니다.

상하체가 분리되신 상태세요.

3권으로 계속

외전

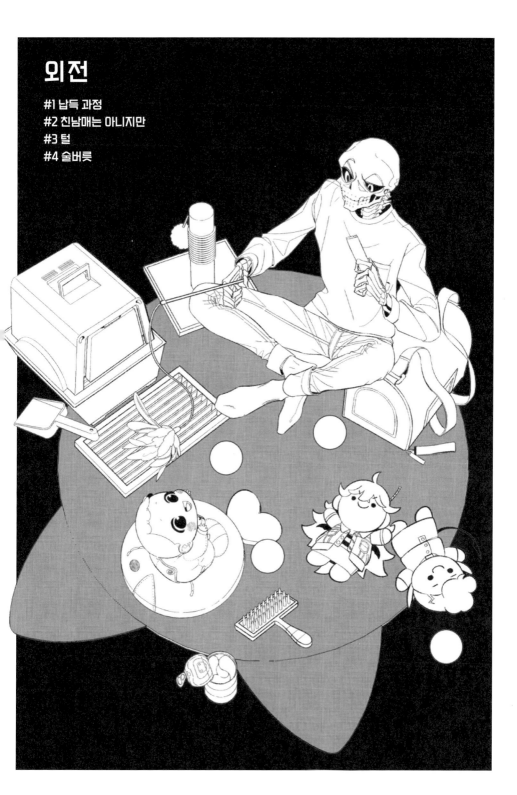

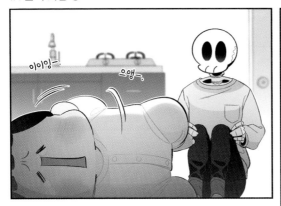

우리 집 고양이는
좀 이상한 것 같다.

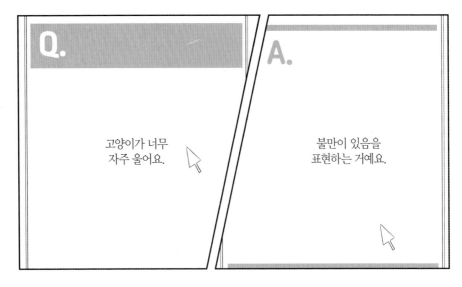

Q.

고양이가 너무
자주 울어요.

A.

불만이 있음을
표현하는 거예요.

밥은 제때 주셨나요?

사료를!

화잘실도 잘 치워 주셨고요?

모래를!

그걸 찾아서 맞춰주시면 다 해결될 거예요.

으아앙!!

파이팅!^^

빠아악~!

주는 족족 던지는데 어쩌라고…

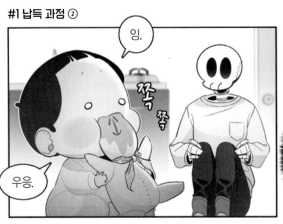

잉.

우응.

이히히!

역시 우리 집 고양이는 좀 이상한 것 같다…!

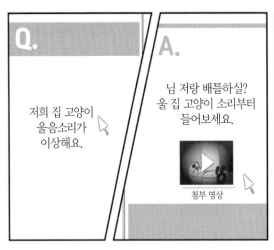

Q.

저희 집 고양이 울음소리가 이상해요.

A.

님 저랑 배틀하실? 울 집 고양이 소리부터 들어보세요.

첨부 영상

먁!

꾺!

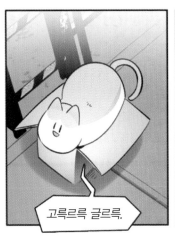

고륵르륵 글르륵.

평범한 편이었구나.

뒙! 먁!

와오옹~.

아우웅~.

안심!

피부도 좀 더 탠(tan)하고…

어깨도 넓은…

근사한 몸이 되고 싶다….

아직 많이
모자란가?

친남매 같은 사이.

*타인에게 불쾌함을 유발하는 신체 노출은 경범죄입니다.

후루룩

국물이 튀었네.

!

슥

벌벌

이건…

선생님! 나비의 탈모가 진행되고 있어요!

콰

앙

이러다간 생닭이 될 거예요!

아.

털갈이일 거예요. 곧 봄이잖아요.

털이 빠지기도 해요?

털 있는 마물하곤 같이 안 살아 보셨나 보다~.

그건 아닌데… 집에선 이렇게 빠진 털을 본 적이 없어서요.

오와—. 그럴 수가 있나?

가르쳐준 대로
잘하고 있구나.

깔끔쟁이

다r2에li 오늘의 일기…☆★

길을 걷다가
아담 사제님을
마주쳤다!

사각

너무 반가운
나머지—

너 이 자식
잘 만났다~!!

아담 사제

쭉

아가씨,
라면 드세요.

어떤 녀석이 주택가 골목에서 소릴 지르는 거야—!!

콩

예의가 아니잖아, 짜샤—!!!

너 낯에!

잘도 지껄였겠다!

마물이~! 알아서 다 조절한다니까~!

팍~ 쓰~ 어디서~!

딸꾹

타악

아가씨, 주택가 골목에선 소리 지르시면 안 돼요.

참견질!%^%$@#

어어~ 그런데 너 말이야….

어흑!

아직 날도 쌀쌀한데…
그렇게 얇은 옷만 걸치고….

왜 멍하니
서있는 거야…!

집에 무슨 일
있었냐…!

흑… 흐흑.
그래, 그랬구나.

그랬던 거야…!

?

불쌍하니까
딱 하루만,

우리 집에서
재워줄게!

우린
친구니까!

가자!

불쌍해…
불쌍해….

드디어
CCTV에 잡혔네요,
안내 패널 도둑!

신고해야겠죠?

매우 곤혹스럽게도
제가 아는 마물이네요.

제 선에서
알아서
처리할게요.

이 패널 들고 온 것만
벌써 세 번째야!

일어나서
들엇!!

릴리, 네가
가져간 패널 말인데…

???

나비

- **키:** 67.6cm
- **무게:** 8.46kg
- **MBTI:** ?
- **취미:** 침방울 만들기, 관찰하기, 기어서 앞으로 돌진하기
- **좋아하는 것:** 먹을 거, 인형
- **싫어하는 것:** 무서운 거

힘

미모　　　　　　　지능

감성　　　　　　　민첩

재력

먹성이 좋은 아기입니다.
4개월 차에 폭풍 성장했습니다.
현재는 우량아입니다.

분유와 함께 이유식도 먹고 있었는데,
해골이 유당 제거 우유만 급여하는 바람에
몸무게가 약간 줄었습니다.

먹는 것이 부실해져서
이후의 성장은 더뎌질 전망입니다.

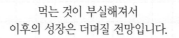

엄청나게 빠른 속도로
기어갈 수 있습니다.

꾸물꾸물 오래 걸리지만,
벌써 혼자 앉을 수도 있어요.

요즘은 해골을 열심히
관찰하고 있습니다.

근래에 커다란 강아지(은비)를 봐서 놀랐습니다.
새로 얻은 인형이 무척 마음에 듭니다.